아인슈타인의
자유로운 상상

인생에 힘이 되는 결정적 한마디!

아인슈타인의
자유로운 상상

Einstein's liberal imagination

이형석 엮음

Vitamin Book
비타민북

100여 년 전 상대성이론을 발표한 20세기 최고의 과학자 아인슈타인 박사는 기존의 우주관을 완전히 바꿔 버린 어마어마한 대천재임에 틀림없습니다.

뉴턴 이후 가장 위대한 과학자로서 알려진 아인슈타인은 사실 철학자이며 평화주의자라고 부를 만합니다.

일반인들에게는, 과학자라는 직업으로 인해 다가가기 어려운 근엄한 이미지일 거라고 생각하기 쉽지만, 사실은 누구보다 소박하고 상식적이며 위트가 넘치는 인간적인 매력이 가득한 분이셨습니다. 아인슈타인은 이미 오래 전 고인이 되었지만 우리는 그가 남긴 멋진 어록을 읽으며 그를 가까이 느껴볼 수가 있습니다.

아인슈타인 박사는 독일에서 유대인 서민의 아들로 태어나, 학교에선 괴짜 취급을 받았고 획일화된 교육이 맞지 않아 결국 15세에 중퇴하고 말았습니다. 스위스에서 공무원 생활을 하며 과학이론을 발표했으나, 어두운 시대를 만나 유대인 탄압을 피해 미국으로 망명하게 됩니다.

과학자로서 노벨상을 받는 최고의 영예와 명성도 누렸지만, 자신이 발표한 이론 때문에 핵무기가 탄생하게 되고 그 때문에 대량 학살이 이루어진 것에 책임을 느끼고 엄청난 정신적 고통을 겪기도 했습니다. 말년엔 평화주의자로서 전쟁과 군대를 반대하는 발언도 많이 남겼습니다. 그만큼 약자에 대한 연민과 따뜻한 가슴을 가진 분이셨습니다.

파란만장한 삶을 보낸 철학자로서 그가 남긴 어록을 읽어보면 삶에 지친 우리에게 따뜻한 위로를 건네줍니다. 독자님들도 아인슈타인의 인생을 통찰한 깊이 있는 명언을 음미하며 깊은 감동을 얻으시길 바랍니다.

2013년 6월

엮은이

목 차

아인슈타인의
자유로운 상상

Einstein's liberal imagination

A genius scientist's liberal
imagination on life

천재 과학자의 **인생**에 대한
자유로운 상상

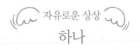

인생을 살아가는 데에는 두 가지 방법밖에 없습니다.
절대 기적은 없다고 믿는 것과, 이 세상 모든 것이
기적이라는 생각으로 살아가는 것입니다.

There are two ways to live:
you can live as if nothing is a miracle or
you can live as if everything is a miracle.

인생에서 가장 중요한 것은 절대 돈으로 살 수 없습니다.

정말로 가치 있는 것은 야망이나 의무감이 아닌

인간에 대한 애정과 헌신에서 비롯됩니다.

우리가 이 세상에서 행동하는 모든 것은 원인과 결과의
법칙에 따라 나타나는 것입니다. 하지만 다행스럽게도
우리는 그게 무엇인지 알지 못합니다.

누구나 정신과 물질적으로 검소하고
겸손한 모습이 필요합니다.

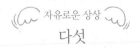

물질적 풍요를 추구하는 마음을 비워야만

비로소 의미 있고

조화로운 인생을 보낼 수 있습니다.

우리는 정신적 가치를 높이는 것을 목표로

살아가야 합니다.

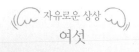

젊을 때는 모든 사람과 사건이 흥미롭게 생각됩니다.
하지만 나이가 들면서 같은 사건이 반복적으로
일어난다는 것을 깨닫습니다.

더 나이를 먹게 되면 기뻐하거나 놀라는
기회도 적어지고 실망하는 일도 줄어듭니다.
잃을 것이 아무것도 없는 나이의 사람이
젊은이들 대신 당당하게 발언해야 한다고 생각합니다.

젊은이들에겐
발언의 기회가 별로 주어지지 않으니까요.

인생에 의미를 부여하는 것은 오직 노동입니다.

The only one meaning of life is labor.

온몸이 마치 고물 자동차와 같습니다.

하지만 아직 일할 수 있는 이상

인생에는 의미가 있습니다.

노년이 되어도 인생에는
대단히 아름다운 순간이 있습니다.

·

나는 내 말년에 만족합니다.
계속 유머 감각을 가지고 자신과 상대를
너무 심각하게 받아들이지 않으려고
마음먹고 있으니까요.

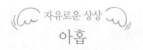

자유로운 상상

아홉

지금부터 죽을 때까지 빛이 무엇인지

차분히 생각해 보려고 합니다.

인간이 정직하게 행동하는 것은
태어날 때와 죽는 순간뿐입니다.

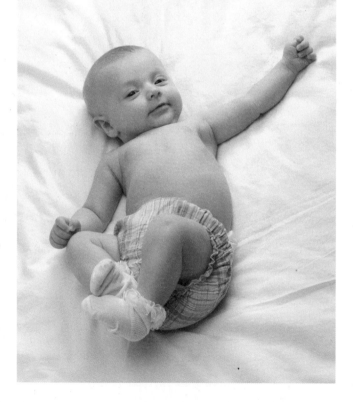

자유로운 상상
열하나

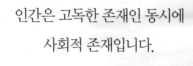

인간은 고독한 존재인 동시에
사회적 존재입니다.

자유로운 상상

사람은 버팔로의 무리 속에서 태어납니다.
그 무리에게 밟히지 않고 삶을 살아가는 것에
감사해야 합니다.

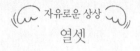

자유로운 상상

열셋

자신과 타인의 인생에서
삶의 의미를 찾지 못하는 사람은 불행할 뿐만 아니라
살아가는 데에도 적합하지 않습니다.

인생의 고난을 견디는 것은 얼마나 기묘한 일입니까?

평온할 때의 나는 위험이 눈에 들어가지 않도록
사막의 모래 속에 머리를 처박는 타조처럼 보입니다.
인간은 자신만을 위해 작은 세계를 만듭니다.
그리고 자신을 기적과 같이 거대한 존재로 인식합니다.
계속 변화하는 진정한 존재의 위대성과 비교하면
슬플 정도로 무의미한데도 말입니다.
마치 자기가 판 구멍 속에 몸을 숨기는
두더지와 비슷합니다.

바다는 이루 말할 수 없을 만큼 거대합니다.

특히 일몰의 순간에

나는 자연과 하나가 된 것처럼 느껴집니다.

그리고 평소와는 달리 개인이라는

존재의 무의미함을 느낍니다.

그것은 행복한 기분입니다.

일에 열중하여 엄청난 부를 축적해도

인류를 진보시키지는 못합니다.

모세나 예수, 간디가 돈을 모으고

이것저것 상품을 구매하는 모습을 상상할 수 있습니까?

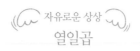

나는 안락함이나 행복을

인생의 목적이라고 생각해 본 적이 없습니다.

나는 이것을 '돼지 사육사의 이상'이라고 부릅니다.

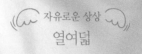

자유로운 상상
열여덟

나비는 두더지가 아닙니다.

하지만 그것을 안타까워하는 나비는 없겠지요.

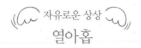
문명인의 운명은 마침내,

얼마나 영향력 있는 도덕을 낳을 수 있는가에

달려 있게 되었습니다.

순수한 자가 순수함을 보는 곳에서

돼지는 더러움을 봅니다.

나는 소란스러운 미덕보다는
조용한 악덕을 선호합니다.

I prefer silent vice to ostentatious virtue.

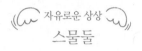

모든 사람은 눈에 보이지 않는 피리 소리에
맞춰 춤추고 있습니다.

·

훌륭한 지성과 바람직하지 않은 인격이
합해지면 씁쓸한 맛이 느껴집니다.

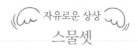
죽음은 어차피 찾아옵니다.

그게 언제인지는 아무래도 상관없지 않겠습니까?

늘어서 허리가 굽은 사람에겐

죽음이 일종의 해방처럼 찾아옵니다.

마치 죽음을 마지막엔 꼭 갚아야만 하는 해묵은 빚처럼

생각하게 된 지금, 절실히 그렇게 느낍니다.

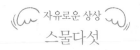
눈이 안 보이는 벌레가 공의 표면을 기어갈 때
자기가 지나온 길이 구부러져 있음을 알지 못합니다.
우리가 그것을 발견한 것은 행운이었습니다.

•

아무리 지속적이고 불변하는 것일지라도
현실은 단순한 환상에 불과합니다.

3살 때의 아인슈타인

헤르만 아인슈타인　　　　　　　파울리네

아인슈타인(Albert Einstein)은 1879년 독일 남부 바덴뷔르템베르크 주 울름의 유대인 집안에서 1남 1녀 중 장남으로 태어났다. 아버지 헤르만 아인슈타인은 전기 공장 사장이었고, 독일인 어머니 파울리네는 음악과 피아노에 재능이 풍부한 여인이었다.

*A genius scientist's liberal
imagination on human
relationship*

천재 과학자의 **인간관계**에 대한

자유로운 상상

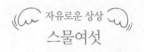

자유로운 상상
스물여섯

타인의 기쁨과 슬픔을 제대로 느낄 수 있을 때
그에 대한 이해가 깊어집니다.

인간관계

인간의 진정한 가치는 받는 것이 아니라

주는 것에 있습니다.

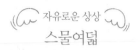
위대한 정신의 소유자가 용감하게 지성을 발휘해도

평범한 사람은 그것을 이해하지 못합니다.

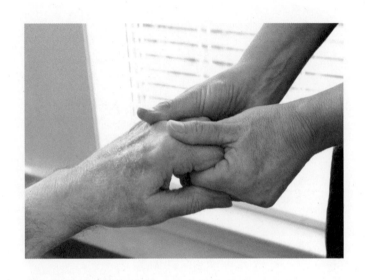

우리는 최선을 다해 다른 이들에게 봉사해야 합니다.

그것이 인간으로서의 숭고한 의무입니다.

개인의 욕심을 앞세우면 반드시 실망하게 됩니다.

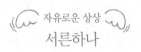

자유로운 상상
서른하나

타인을 위해 사는 것이 진정 가치 있는
인생입니다.

같은 일을 반복하면서 다른 결과를 기대하는 것은
바보 같은 짓입니다.

●

타인을 움직이는 유일한 방법은
스스로 모범을 보이는 것입니다.

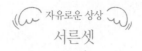

허기, 애정, 고통, 공포는
우리의 본능을 지배하는 요소입니다.

하지만 우리는 사회적 존재이기 때문에
공감과 자부심, 증오, 권력욕, 동정심을 가지고
타인과 관계를 맺습니다.

이러한 충동은 말로 쉽게 표현할 수 없지만
인간 행동의 근원입니다.
만일 그러한 강력한 힘이 없다면
우리의 행동은 정지해 버리고 말 것입니다.

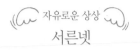
타인의 기쁨에 즐거워하고,
타인과 함께 괴로워하는 것,
인간으로서 가장 훌륭한 삶의 태도입니다.

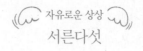
당신은 정말로 타인으로 인해
영원한 행복을 얻을 수 있다고 생각합니까?
그가 당신이 가장 사랑하는 남성이라 해도.

나는 경험상 남자를 잘 알고 있습니다.
나도 그중의 한 명이니까요.

남자에게 너무 기대하면 안 됩니다.
나는 이 점을 아주 잘 알고 있습니다.

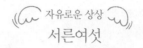
인간은 바다와 같습니다.
어떤 때는 평온하고 우호적이지만 어떤 때는 거칠고
악의로 가득 차 있습니다.

여기에서 잊지 말아야 할 것은
인간도 대부분 물로 이루어져 있다는 점입니다.

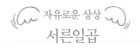
깊이 생각할 필요도 없이 일상생활에서,

우리는 다른 사람을 위해 살아가고

있다는 것을 알게 됩니다.

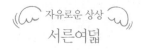
우리는 모두 타인의 노동에 의하여
음식이나 집을 부여받습니다.
따라서 거기에 대해 제대로 보답을 해야만 합니다.

자기 내면의 만족을 위해 선택한 일뿐 아니라
다른 사람들에게 봉사함으로써 말입니다.

그렇지 않으면 아무리 욕구가 소박하더라도
기생충이라고 비난을 받게 됩니다.

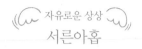

동물과 친근하게 지내세요.
그러면 당신은 다시 쾌활해지고 아무것도
당신을 고민에 빠지게 하지 않을 겁니다.

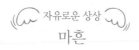
야망이나 단순한 의무감만으로는
진정 가치 있는 것은 생기지 않습니다.
그것은 사람이나 어떤 대상에 대한
사랑과 헌신에서 생겨납니다.

●

나는 세상을 살아가는 모든 사람들과
강한 연대감을 느끼고 있으므로 단 한 명의 인간이
언제 태어나고 언제 죽는지는 관심이 없습니다.

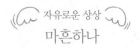
분노는 어리석은 자의 마음속에만 존재합니다.

Anger dwells only in the bosom of fools.

·

사람들이 사랑에 빠지는 건 중력 때문이 아닙니다.

Gravitation is not responsible for
people falling in love.

자유로운 상상

마흔둘

인간성에 대해 절망해서는 안 됩니다.
왜냐하면 우리는 인간이기 때문입니다.

We cannot despair about humanity,
since we ourselves are human beings.

아인슈타인의 동생 마야

아인슈타인의 동생 마야는 후에 빈텔러(Jost Winteler)의 아들 파울과 결혼한다. 아인슈타인이 연방 공과대학에 입학했을 당시 그 학교의 교사였던 빈텔러의 집에 머물렀고, 그 가족들과 평생 친구가 되었다.

1889년, 뮌헨의 루이트폴트 김나지움(독일의 전통적인 중등 교육 기관)에 입학한 아인슈타인은 수학과 과학 수업은 좋아했지만, 라틴어와 그리스어에는 전혀 흥미를 느끼지 못하고 낙제를 받았다.

학교 생활에 회의를 느낀 아인슈타인은 김나지움을 졸업하지 못하고 아버지의 사업도 실패하여 1894년에 이탈리아 밀라노로 떠난다.

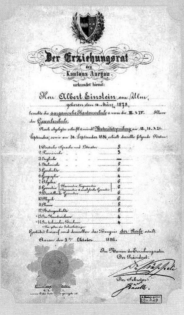

아인슈타인의 성적표

A genius scientist's liberal
imagination on success

천재 과학자의 성공에 대한
자유로운 상상

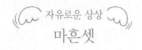

A가 인생의 성공이라면 A = X + Y + Z입니다.

X는 열심히 일하고, Y는 제대로 놀고,

Z는 쓸데없는 말을 하지 않는 것입니다.

If A is a success in life, then A equals

x plus y plus z. Work is x; y is play; and z is

keeping your mouth shut.

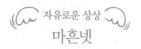

성공하기 위해서가 아닌, 진정으로 가치 있는 사람이
되기 위해 노력하는 것이 중요합니다.

Try not to become a man of success,
but rather try to become a man of value.

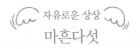
작은 일을 소홀히 하는 사람에게
큰 일이 주어질 리가 없습니다.

whoever is careless in small matters cannot

be trusted with important matters.

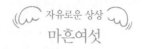
자유로운 상상
마흔여섯

한 번도 실수를 해 보지 않은 사람은
한 번도 새로운 것을 시도한 적이 없는 사람입니다.

·

지식은 끊임없는 노력으로 갱신되어야 합니다.
이것은 마치 사막에 서 있는 대리석상 같아서
계속 아름다운 모습을 유지하려면
끊임없이 닦아줘야 합니다.

사람이 말(馬)을 사랑하는 것처럼

차(車)를 사랑할 수는 없습니다. 말은 차와 달리

우리 내면의 인간적인 감정을 끌어내기 때문입니다.

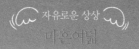

한 개인이 사회적으로 얼마나 가치 있는 존재인지는
그 사람의 감정과 사고와 행동이 다른 이들에게
얼마나 도움이 되는지에 따라 결정됩니다.

·

세상을 위해 크게 공헌할 방법은
사람들에게 의미 있는 일을 제공하여
그들의 생활을 간접적으로 도와주는 것입니다.

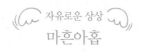

불운은 행운과는 비교도 안될 만큼
인간에게 어울립니다.

아아, 슬프다.
이기심과 경쟁심은
공공심과 의무감보다 강합니다.

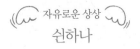

자유로운 상상
쉰하나

이 세상에 무한한 것은 두 가지가 있습니다.
우주와 인간의 어리석음이 그것입니다.
우주의 무한함에 대해서는 단언하기 힘들지만….

Only two things are infinite,
the universe and human stupidity,
and I'm not sure about the former.

성공

인간은 신과 인류를 만족시키기 위해
때로는 희생물이 되어야 합니다.

상식이란 열여덟 살 때까지 얻게 된 편견의 모음입니다.

Common sense is the collection of
prejudices acquired by age eighteen.

나는 미래에 대해 생각한 적이 없습니다.

미래는 곧 찾아오니까요.

I never think of the future.

It comes soon enough.

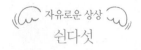

왜 자기 자신을 책망합니까?

필요하면 남들이 책망해 줄 테니 괜찮지 않습니까?

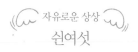

사람은 왜 일이라는 것을 심각하게 생각할까요?
이상한 일입니다. 누구를 위해서일까요?

자기를 위해서일까요? 사람은 금방 죽어버리는데.

동시대 사람을 위해서? 후세 사람을 위해서?
그렇지는 않겠지요. 역시 알 수가 없습니다.

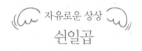
일은 인생에 실질적인 것을 가져오는 유일한 행위입니다.

그렇긴 하지만 우리가 달성하는 업적 따위는
비누거품 같은 것에 불과합니다.
우리는 모두 두 발로 걷는 동물이며
원숭이의 후손일 뿐입니다.

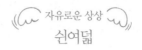
지적인 바보는 사물을 복잡하게 생각하는
경향이 있습니다. 이와 반대쪽으로 나아가기 위해서는
약간의 재능과 대단한 용기가 필요합니다.

Any intelligent fool can make things bigger and
more complex … it takes a touch of genius —
and a lot of courage —
to move in the opposite direction.

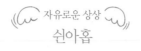

우리의 길을 밝혀주고,

인생에 적극적으로 뛰어들 용기를 준 것은

친절과 아름다움과 진리였습니다.

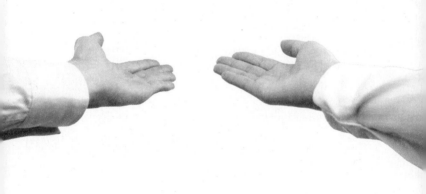

과거에서 배우고, 현재를 살며,
미래에 희망을 가져야 합니다.

Learn from yesterday, live for today,
hope for tomorrow.

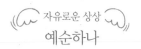
세상에서 가장 이해하기
어려운 것은 소득세입니다.

The hardest thing in the world to
understand is the income tax.

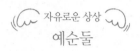
자유로운 상상
예순둘

신념은 추진력으로서는 도움이 되지만

조정기(調整器)로서는 도움이 안 됩니다.

지식인은 문제를 해결하고
천재는 이를 예방합니다.

•

결과라는 것에 도달할 수 있는 것은
편집광뿐입니다.

맹목적으로 권위를 존중하는 것은
진실에 대한 최대의 적입니다.

Unthinking respect for authority is
the greatest enemy of truth.

성공

Freundschaftlich übersetzt von Ihrem A. Einstein.

Über die spezielle und die allgemeine Relativitätstheorie

(Gemeinverständlich)

Von

A. EINSTEIN

Mit 3 Figuren

Dieses Exemplar ist das erste, welches ich Druckfertig vorausbehalten. Es wurde mir von Herrn Prof. Einstein zugeschickt, unmittelbar nachdem er es empfangen hatte, kurz bevor ich nach Frankreich ins Feld zieg.

Hans Mühsam.
Berlin/B.L. Französische Front. April 1917.

Braunschweig
Druck und Verlag von Friedr. Vieweg & Sohn
1917

특수상대성이론

재수하여 스위스 취리히 연방공과대학 물리학과에 입학한 아인슈타인은 21세(1900년)에 졸업하지만 교사로서 취직하지 못하고, 베른의 특허사무소 심사관으로 5년간 일하게 된다.

이 시기(1905년)에 25편의 논문을 발표했는데, 그중 《광양자가설(光量子假說)》·《브라운 운동에 관한 기체론적 연구》·《특수 상대성 이론》 등은 학계의 주목을 받는다.

광양자설은 빛은 입자로 이루어져 있다는 가설이며, 브라운운동(Brownian運動)은 액체나 기체 안에서 떠서 움직이는 작은 입자의 불규칙한 운동, 특수상대성이론(特殊相對性理論)은 물리법칙은 속도가 일정한 일직선상의 운동을 하는 모든 관측자에게 동일하고 진공 중의 빛의 속력도 모든 관측자에게 동일해야 한다는 이론으로, 1905년 아인슈타인이 제창했다.

특수 상대성이론을 발표한 후 추가된 논문에는 $E=mc^2$ (질량-에너지 등가 원리, 어떤 물체의 에너지(E)는 그 물체의 질량(m)에 광속(c)의 제곱을 곱한 것과 같다)라는 유명한 공식이 있다. 후에 이 공식을 바탕으로 원자폭탄이 만들어지게 된다.

$$E=mc^2$$

*A genius scientist's liberal
imagination on science*

천재 과학자의 과학에 대한

자유로운 상상

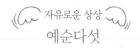
과학적 발견의 과정은 불가사의한 일에 대해

끊임없이 파고드는 것입니다.

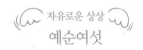

과학은 멋진 것입니다.

다만, 그것으로 생계를 꾸려가지 않는다면.

Science is a wonderful thing

if one does not have to earn one's living at it.

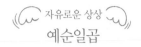

과학적 연구는 이 세상에서 일어나는
모든 일이 자연의 법칙에 따라 결정된다는
사고에 근거를 두고 있습니다.

이것은 인간의 행동에도 적용됩니다.
그렇기에 과학자는 초자연적인 존재에게
간절히 기도를 함으로써
사물을 변화시킬 수 있다고는 믿지 않습니다.

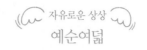

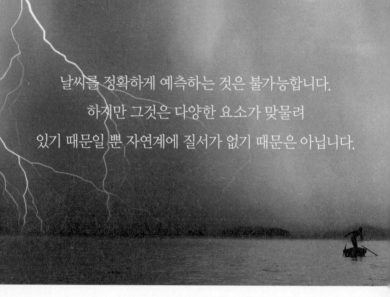

날씨를 정확하게 예측하는 것은 불가능합니다.

하지만 그것은 다양한 요소가 맞물려

있기 때문일 뿐 자연계에 질서가 없기 때문은 아닙니다.

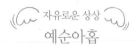
과학은 인류의 생활을 편리하게 바꿨음에도 불구하고,

왜 행복하게 만들지는 못한 걸까요?

그것은 인류가 과학을 효과적으로 이용하는

방법을 배우지 못했기 때문입니다.

현대인의 도덕성이 황폐해진 것은 기계화로 인해
인간성을 상실했기 때문이라고 생각합니다.
이것은 과학 기술의 참담한 부산물입니다.

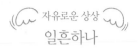
세상을 개선하기 위해서 필요한 것은
과학적 지식을 배우는 것이 아니라
전통과 이상을 추구하는 것입니다.

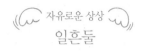

과학과 예술이 어떤 높은 수준에 도달하면,
미적으로 형식적으로 융합하는 경향이 있습니다.
따라서 초일류 과학자는 항상 예술가이기도 합니다.

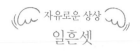
물리학의 가치를 믿는 나는
과거·현재·미래의 구분이 그저
하나의 지속적인 환상에 지나지 않음을 압니다.

People like us, who believe in physics,
know that the distinction between past, present,
and future is only a stubbornly
persistent illusion.

일흔넷

인간이 예술과 과학을 추구하는 강력한 동기는
일상생활의 단조로움과 경박함에서 벗어나
자기가 만들어낸 이미지의 세계로
도피하고 싶기 때문입니다.

자유로운 상상

모든 종교와 예술, 과학은
같은 나무에서 자란 가지입니다.
이 분야는 인간을 단순한 육체적 존재에서 끌어올려
삶을 고귀하게 드높이고 자유로 이끌어 줍니다.

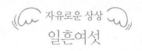

내가 과학적 연구를 행하는 것은 자연의 신비를
이해하고 싶다는 억누를 수 없는 욕구 때문입니다.
그 외의 다른 감정은 동기가 되지 않습니다.

내가 정의를 사랑하는 마음이나 인간의 생활을
개선시키는 일에 공헌하고 싶다는 생각은
과학에 대한 관심과는 전혀 별개의 것입니다.

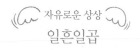

과학이란 일상적인 사고의 정련(精鍊)에 다름 아닙니다.

The whole of science is nothing more than
a refinement of everyday thinking.

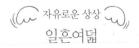

뜨거운 난로 위에 1분간 손을 올려 보세요.

마치 한 시간처럼 느껴질 겁니다.

그런데 귀여운 아가씨와 함께 한 시간을 앉아 있는다면

마치 1분처럼 빨리 지나갈 겁니다.

이것이 상대성이라는 것입니다.

When you are courting a nice girl an hour

seems like second, when you sit on

a red-hot cinder a second seems like an hour.

That is Relativity.

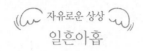
자유로운 상상
일흔아홉

이 세계를 개인적인 소망을 실현시킬 장소라고
인식하지 않고, 감탄하고 추구하고 관찰하는
자유로운 존재로서 거기에 대면할 때
우리는 예술과 과학의 영역에 들어가게 됩니다.

물리학이 추구하는 것은
관찰된 각각의 사실을 연결시키기 위한
가장 단순한 사고방식입니다.

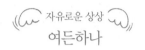

수학이 과학을 초월하여
특별한 존중을 받는 이유는, 그 법칙이 절대적으로
정확하고 명백하다는 것입니다.

한편 과학은 어느 정도 논란의 여지가 있고,
항상 새로운 발견에 의해 뒤집힐 우려가 있습니다.

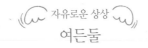
수학의 법칙을 현실에 적용시킨다면
그것은 불확실한 것이 됩니다.
수학의 법칙이 명확한 것이라면
현실에 적용시킬 수는 없습니다.

As far as the laws of mathematics
refer to reality, they are not certain,
as far as they are certain,
they do not refer to reality.

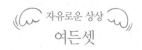

자유로운 상상
여든셋

수학은 확실히 훌륭하게 정비되어 있습니다.
그러나 자연은 항상 우리의 코를 붙잡고
이리저리 끌고 다닙니다.

아인슈타인의 첫째 부인 밀레바 마리치

아인슈타인은 스물네 살 때(1903년) 부모의 반대를 무릅쓰고
대학 동창이자 세르비아 출신 물리학자였던 밀레바 마리치
(Mileva Marić)와 결혼했지만 이들의 결혼생활은 순탄치 않았다.
밀레바 마리치는 이후 15년 뒤에 아인슈타인과 이혼을 하고
1948년 73세로 삶을 마감한다.

아인슈타인과 밀레바 마리치는 1녀 2남을 두었는데, 첫째 아이인 리제를 아인슈타인(Lieserl Einstein)에 대해서는 알려지지 않았다. 둘째아이이자 장남인 한스 아인슈타인(Hans Albert Einstein, 1904년~1973년)은 공학자, 교육가로서 미국 버클리 캘리포니아대 교수가 됐고, 둘째아들인 에두아르트 아인슈타인(Eduard Einstein)은 정신병을 앓다가 1965년에 사망하였다.

밀레바 마리치와 두 아들

A genius scientist's liberal imagination on religion and morals

천재 과학자의 종교와 윤리에 대한

자유로운 상상

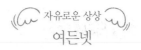
자연을 깊이 관찰해 보세요.

그러면 모든 것을 더 잘 이해할 수 있게 됩니다.

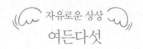

해결책이 단순한 것은 신이 대답했다는 증거입니다.

When the solution is simple,

God is answering.

이 세상의 모든 것은 우리가 통제할 수 없는
힘의 지배를 받고 있습니다.
그것은 거대한 별이든 작은 벌레든 마찬가지입니다.

인간도 식물도 우주의 먼지도 모두 아득히 먼 곳에 있는
연주자의 연주에 맞춰 움직이는 것입니다.

인간이 결코 이해할 수 없는 것이 존재하고,

그것이 최고의 지혜와 아름다움으로 구현되어 있다는 것,

인간의 부족한 능력으로는

뚜렷하게 인식할 수 없는 것이 있음을 깨닫는 것.

이것이 바로 진정 종교를 대하는 마음가짐입니다.

그런 의미에서 나는 지극히 믿음이 깊은 인간입니다.

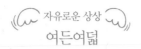
인간이 태어난 자연의 위대한 신비 앞에서

영원이나 생명·우주에 대해 생각해 볼 때,

누구라도 외경심을 품지 않을 수 없습니다.

매일 이런 신비를 조금씩 이해하려는 노력만으로도

호기심이 조금은 충족됩니다.

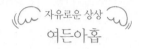
'인생이란 무엇인가'라는 물음에 대답하는 것이

종교의 역할입니다.

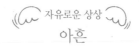
인류에게는 부처나 모세·예수 같은 사람의 공적이
과학을 탐구하는 이들의 공적보다
훨씬 큰 의미가 있습니다.

인류가 인간으로서의 존엄성을 지키고,
생존을 확보하고, 삶의 즐거움을 유지하고 싶다면,
이 위인들이 우리에게 물려준 것을
계속 지켜나가야 합니다.

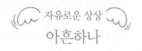
신 앞에서 인간은 똑같이 현명하고
똑같이 어리석습니다.

Before God we are all equally wise —
and equally foolish.

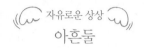
인간은 우리가 우주라고 부르는 전체의 일부이고
시간과 공간에 한정된 일부입니다.
우리는 자기 자신을, 사고를
그리고 감정을 타인의 것과 분리된 것으로 체험합니다.
의식에 관한 일종의 착각입니다.

이 착각은 일종의 감옥이고, 개인적인 욕망이나
가장 가까이 있는 사람들에 대한 애정으로
우리는 묶이게 됩니다.
우리의 책무는 이 감옥으로부터
스스로를 해방시키는 것입니다.
거기엔 공감의 범위를 모든 생물과
자연 전체의 아름다움으로 넓혀야만 합니다.
실질적으로 새로운 사고의 형태를 배워야만
인류는 살아남을 수 있을 것입니다.

A human being is a part of a whole, called by us
universe, a part limited in time and space.
He experiences himself, his thoughts and
feelings as something separated from the rest...
a kind of optical delusion of his consciousness.

This delusion is a kind of prison for us,
restricting us to our personal desires and to
affection for a few persons nearest to us.
Our task must be to free ourselves from this
prison by widening our circle of compassion to
embrace all living creatures and
the whole of nature in its beauty.

우리에게 외경심을 품게 만드는 것은 두 가지.

별들이 뿌려져 있는 하늘과 내면의 윤리적 우주입니다.

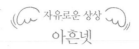
신은 우주를 가지고 주사위 놀음을 하지 않습니다.

●

우리가 나아가려는 길이 올바른지 아닌지
신은 미리 알려주지 않습니다.

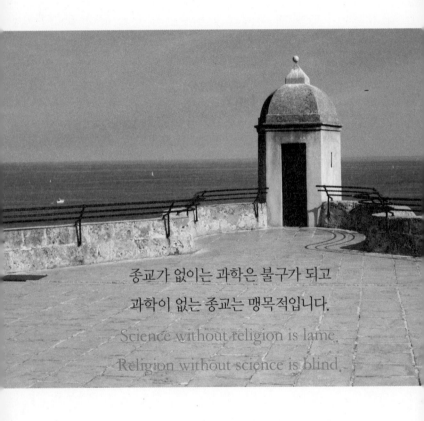

종교가 없이는 과학은 불구가 되고

과학이 없는 종교는 맹목적입니다.

Science without religion is lame.

Religion without science is blind.

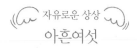
나는 생명에 대한 두려움과 죽음에 대한 공포
또는 맹목적인 신앙에 근거한 신의 개념을
받아들일 수 없습니다.

나는 인격적인 신이 존재하지 않음을
증명할 수는 없지만
그렇다고 내가 신에 대하여 말하는 것은
거짓말을 하는 것이 됩니다.

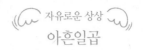

내가 알고 싶은 것은 신의 생각이며
그 이외는 사소한 것입니다.

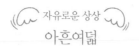
우리는 언젠가 지금보다 조금 더 사물에 대하여
알게 될지도 모릅니다.
하지만 자연의 진정한 본질을 아는 것은
영원히 불가능합니다.

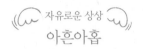

자유로운 상상
아흔아홉

도덕성은 가장 중요한 것입니다.
신의 입장이 아닌 우리의 입장에서.

Morality is of the highest importance
not for God, but for us.

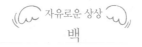
나 같은 부류의 인간은
도덕적으로 순수한 인간적인 것을 봅니다.

그것은 인간에게 가장 중요한 것이긴 합니다.

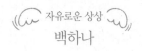

수단은 완전해졌다고 하는데
정작 중요한 목적을 이해할 수 없게 되었다는 것이
이 시대의 특징이라고 할 수 있겠지요.

수백 년 동안 이 세상에 태어난 위인들을

자랑해서는 안 됩니다.

그런 것은 우리의 업적이 아니기 때문에.

그 대신 당시 사람들이 그들을 어떻게 대우했는지,

그들의 가르침을 어떻게 따랐는지 생각해 봅시다.

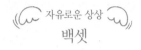
인간에게 가장 중요한 노력은
자신의 행동 속에 도덕을 추구하는 것입니다.
우리의 내면적인 균형 그리고 존재 자체가
거기에 관련되어 있습니다.

행동으로 나타나는 도덕만이
인생에 아름다움과 품위를 가져옵니다.

그래도 영원한 것에 관심을 품는 것이 가장 좋겠지요.
왜냐하면 그것만이 인간 사회에 평화와 평온을
회복시키는 정신의 원천이기 때문입니다.

당신은 영생을 믿습니까?

난 아닙니다.

내겐 한 번의 삶으로 충분합니다.

Do you believe in immortality?

No, and one life is enough for me.

1916년 《일반 상대성 이론》을 발표하고, 광전효과의 업적으로
1921년 노벨 물리학상을 받았다. 그러나 아인슈타인은 노벨상을
받기 전부터 이미 세계적인 명성과 사회적 지위를 얻고 있었다.

두 번째 부인 엘자

1912년 아인슈타인은 베를린에서 세 살 연상의 사촌 엘자를 만난다. 엘자는 서른여섯 살의 나이로, 한 번 이혼하고 두 딸과 함께 살고 있었다. 아인슈타인은 1919년 엘자와 결혼한다.

막스 플랑크로부터 메달을 받는 아인슈타인

아인슈타인은 1929년 독일 물리학회에서 수여하는 막스 플랑크 메달을 수상했다. 이 상은 1918년 노벨 물리학상을 받은 막스 플랑크(Max Karl Ernst Ludwig Planck, 1858~1947)의 이름에서 따왔다.

*A genius scientist's liberal
imagination on education*

천재 과학자의 **교육**에 대한
자유로운 상상

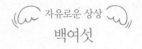

나는 학생들을 가르치지 않습니다.
그들에게 공부할 수 있는 환경을 제공하기 위해
노력할 뿐입니다.

I never teach my pupils.
I only attempt to provide the conditions
in which they can learn.

교육의 유일한 목적은 사고와 지식을 닦는 것이고,

학교는 사람들의 교육을 위한 조직으로서

그 목적을 제대로 발휘해야만 합니다.

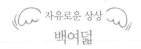

자유로운 상상
백여덟

학교에서 배운 것을 잊은 후에 남는 것이 교육입니다.

Education is what remains after
one has forgotten everything
he learned in school.

교육

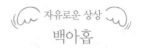

교육자가 지닌 최고의 기술은
학생들에게 창조적 표현과 배움의 기쁨을
일깨워주는 것입니다.

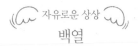
대부분의 교사는 학생이 무엇을 모르는지
알아내기 위해 질문을 합니다.
하지만 그것은 시간 낭비입니다.

진정한 질문의 기술이란 학생이 무엇을 알고 있는지
무엇을 배울 수 있는지를 알아내는 것입니다.

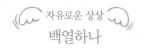
학생의 놀이에 대한 열정을 전환시켜,

인정받고 싶다는 욕구를 높이고,

사회의 중추적 역할로 인도하는 것이 교육의 과제입니다.

그러기 위해서는 교사 스스로 자기 전문 분야에서

일종의 예술가가 되어야 합니다.

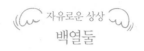

자유로운 상상
백열둘

대학에서 가르치는 일반교양의 가치는

많은 지식을 배우는 것이 아니라

교과서에서 배울 수 없는 것에 대하여 생각하도록

머리를 단련시키는 것입니다.

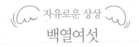
학교는 전통이라는 재산을
다음 세대에 전달하는 가장 중요한 수단입니다.
그리고 그것은 옛날보다 지금이 훨씬 중요해졌습니다.
왜냐하면 현대사회에서는 전통과 교육을 담당하는
가정의 역할이 약해졌기 때문입니다.

따라서 우리 사회가 온전히 유지되기 위해서는
학교의 역할이 옛날보다 훨씬 커졌습니다.

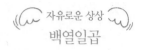
미래를 짊어진 여러분이
지금 학교에서 배우는 것은
세계 각국의 여러 세대에 걸쳐
열심히 노력하여 얻어진 결과물입니다.

이것을 잊지 마십시오.
여러분이 그 훌륭한 성과를 배우는 것은
그것을 더욱 빛나게 닦아
다음 세대에 건네주기 위함입니다.
각 세대가 공유할 수 있는 유산을 창조함으로써
인류는 영원히 존속할 수 있습니다.

이것을 잊지 마십시오.
그러면 삶과 업무에서 의미를 찾아내고
다른 나라나 다른 시대에 대해
적절한 태도를 취할 수가 있습니다.

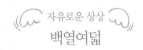

자유로운 상상

백열여덟

내 학습을 방해한 유일한 훼방꾼은
내가 받은 교육입니다.

●

정규 교육을 받은 후에도 호기심이 살아 있다면
그것은 기적입니다.

It is a miracle
that curiosity survives formal education.

배우는 것 그리고 일반적으로 진실과
미를 추구하는 것은 우리가 평생 어린이로서
살아가는 것이 허락되는 활동 범위입니다.

•

뭔가를 배우기 위해서는 스스로 경험하는 것보다
더 좋은 방법은 없습니다.

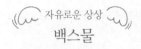
자기 눈으로 보고 자기 마음으로 느끼는 사람은

얼마나 드문 것일까요?

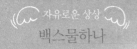

관찰하고 이해하는 기쁨은 자연이 주는

최고의 선물입니다.

자유로운 상상
백스물둘

상상력은 지식보다 중요합니다.

지식은 한계가 있지만 상상력은 전 세계를 둘러쌉니다.

Imagination is more important than knowledge.

Knowledge is limited.

Imagination encircles the world.

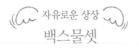
지식은 두 가지 형태로 존재합니다.
하나는 책 속에서 생명이 없는 형태로,
또 하나는 사람의 의식 속에서 살아 있는 형태로.

전자가 절대적으로 필요한 것처럼 보이지만
대단하지 않습니다.
당연히 후자가 본질적인 것입니다.

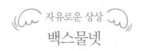

지성을 숭배해서는 안 됩니다.
신은 강한 근육을 갖고 있지만 인격은 없습니다.

•

지혜는 학교에서 배우는 것이 아니라
평생에 걸쳐 몸에 배는 것입니다.

Wisdom is not a product of schooling,
but of the life— long attempt to acquire it.

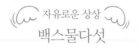

창조적 표현과 지식의 기쁨을 느끼도록 하는 것이
교사가 가질 수 있는 최고의 기술입니다.

It is the supreme art of the teacher
to awaken joy in creative expression and
knowledge.

•

가르친다는 것은
교사가 내민 것을 지겨운 의무가 아닌
귀중한 선물이라고 느끼게 하는 것이 되어야 합니다.

자유로운 상상

백스물여섯

전문적인 지식을 습득하는 것이 아니라
자기 머리로 생각하거나 판단하는
일반적인 능력을 발달시키는 것을
언제나 가장 우선시해야 합니다.

창조성의 비결은 어디에서
그 아이디어가 떠올랐는지를 감추는 것입니다.

The secret to creativity is
knowing how to hide your sources.

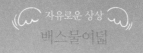

참신한 아이디어는 젊었을 때에만 떠오릅니다.

그 이후 경험을 쌓아 유명해진 다음에는

결국 바보가 됩니다.

인간의 행동은
다른 고등동물과 확실히 다른 것처럼 보이지만
원초적인 본능은 매우 비슷합니다.

그러나 상상력을 가지고 언어의 힘을 빌려
사고할 수 있다는 것이
인간과 동물의 가장 큰 차이점입니다.

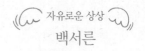

발명은 논리적 사고의

산물이 아니지만

최종 제품은 논리적 구성의 선물입니다.

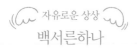

내게 상상력은 지식을 익히는 재능보다

훨씬 큰 의미가 있습니다.

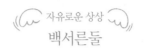

사고는 그 자체가 목적입니다.

음악도 그렇습니다.

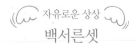
우리가 누리는 물질적·정신적 혜택은
과거의 창조적인 사람들에 의한 것입니다.
불을 발견한 사람, 먹을 수 있는 식물을 재배한 사람,
증기기관을 발명한 사람들….

보통 사람과는 다른 새로운 사고방식을 가진
창조적인 사람이 없다면 사회는 발전하지 않습니다.
즉 개개인의 개성을 존중하지 않으면
사회는 진보하지 못합니다.

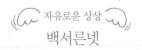

현실에 직면했을 때,
얼마나 지성이 부족한지 파악할 만큼의
지성은 인간에게 주어집니다.

아인슈타인과 닐스 보어

닐스 보어(Niels Bohr, 1885~1962년)는 원자 구조의 이해와 양자역학의 성립에 기여한 덴마크 물리학자로, 1922년 노벨 물리학상을 받았다. 그는 20세기 가장 영향력 있는 물리학자 중 한 명이다.

보어와 아인슈타인 논쟁 : 아인슈타인이 당시 표준으로 받아들여지던 양자역학의 코펜하겐 해석에 대해 여러 번 이의를 제기하고 이에 대해 닐스 보어가 반박한 사건.

〈사진〉 닐스 보어와 아인슈타인이 양자 이론에 대해 토론하고 있다. (1925년)

타고르와 아인슈타인

1930년 7월 13일, 아인슈타인은 베를린에서 아시아인 최초로 노벨문학상을 수상(1913년)한 타고르(Rabindranath Tagore, 1861~1941)를 만났다.

인도의 마하트마(mahatma, 위대한 영혼)인 간디가 '구르데브'(위대한 스승)라고 부르며 존경했던 타고르의 70세 생일을 축하하며, 아인슈타인이 보낸 편지에는 "(당신은) 온화하고 자유분방한 당신의 사상을 만방에 전하여, 전 인류에 지대한 기여를 하였습니다."라고 씌어 있다.

*A genius scientist's liberal
imagination on war,
peace and politics*

천재 과학자의 **전쟁과 평화, 정치**에 대한

자유로운 상상

전쟁터에서 사람을 죽이는 것은
평상시 살인을 저지르는 것과 다르지 않습니다.

It is my conviction that
killing under the cloak of war is nothing
but an act of murder.

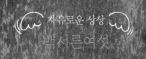

전쟁을 위한 막대한 희생을,
평화를 위해서도 바칠 필요가 있습니다.
내게 있어 이보다 중요한 과제는 없습니다.

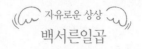
내가 전쟁을 반대하는 것은
직감적인 감정에 따른 것입니다.
인간을 죽인다는 것이 참을 수 없을 만큼 싫습니다.

나의 이런 자세는 논리적인 것이 아니라
온갖 잔학 행위와 증오에 대한
직감적인 반발입니다.

•

민족주의는 군국주의와 침략 행위를
미화한 표현에 불과합니다.

전쟁과 평화, 정치

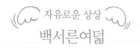
나는 일렬로 줄을 맞춰 행진하는
군대에 즐겁게 환호하는 사람들을 경멸합니다.
그들에게는 척수만 있어도 충분한데,
신의 실수로 인해 큰 두뇌를 받았습니다.

He who joyfully marches in rank and
file has already earned my contempt.
He has been given a large brain by mistake,
since for him the spinal cord would suffice.

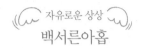
나는 예전과 마찬가지로 열렬한 평화주의자입니다.
그러나 유럽에서 병역 거부를 다시 주장하기 위해서는,
호전적인 독재정권이 민주주의 국가에 위협을
가하지 않는 상황이 절대 조건입니다.

1920년대에 독재정권은 존재하지 않았으므로
나는 '병역을 거부하면
전쟁을 피할 수 있다'고 주장했습니다.
하지만 일부 국가들에서 위압적인 상황이 나타났을 때,
만일 많은 사람들이 병역을 거부하면
호전적인 나라가 그렇지 않은 나라보다
우위에 선다는 것을 직감적으로 느꼈습니다.

1941년 12월 30일 〈뉴욕 타임즈〉 인터뷰

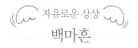

나는 열렬한 평화주의자이지만

융통성이 없는 평화주의자는 아닙니다.

어떤 경우에도 무력행사에는 반대하지만

생명을 파괴하는 적과 직면한 경우는 예외입니다.

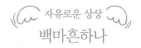

나는 그냥 평화주의자가 아니라
투사적 평화주의자이므로 평화를 위해서라면
기꺼이 싸울 생각입니다.
사람들이 전쟁터에 가기를 거부하지 않는다면
전쟁은 종식되지 않을 것입니다.

The state exists for man, not man for the state.
Nothing will end war unless the people
themselves refuse to go to war.

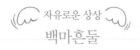
나는 간디의 견해에 거의 전면적으로 동의합니다.

하지만 만일 나 또는 내 가족을 죽이거나

생활을 위협하는 움직임이 있다면

폭력을 동원해서라도 저항할 생각입니다.

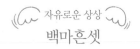
원자폭탄에 있어서 내가 맡았던 역할은
루스벨트 대통령에게 그 제조 가능성을 알아보기 위한
대규모 실험의 필요성을 역설하는
편지에 서명한 것입니다.

나는 이 시도가 성공하면 인류에게 커다란 위험이
다가오리라는 것을 충분히 인식하고 있었습니다.

하지만 독일이 원폭 제조에 착수하여
성공할 가능성이 있음을 알고 결국 결단을 내렸습니다.
나는 철저한 평화주의자이지만,
달리 방법이 없었습니다.

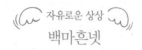

자유로운 상상
백마흔넷

위대한 문화를 가진 작은 나라가
정의를 멸시하는 세력에 파괴되는 것을 지켜보는 일은
큰 나라에 어울리는 태도가 아닙니다.

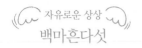

우리 세대는 원자력 에너지 개발을 통하여,
불을 발견한 이후 가장 혁명적인 힘을
세계에 가져왔습니다.

원자력은 우주의 근원적인 힘이고,
시대착오적인 민족주의와는 어울리지 않습니다.
그 이유는 민족주의는 원자력 에너지의 폭발로부터
인류를 보호할 방법이 없기 때문입니다.

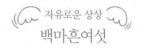

세계인들의 이해의 폭을 넓히는 것 말고
원자력을 통제할 방법은 없습니다.

우리 과학자들은 사람들에게 원자력 에너지에 대한
이해와 사회로의 응용을 촉진할
중대한 책임이 있음을 인식해야 합니다.

그렇게 해야만 우리의 안전과 희망이 실현될 수 있습니다.
죽기 위해서가 아닌 살아가기 위해
행동하는 것이 우리가 보여야 할 자세입니다.

우리 과학자들은 더욱 잔인하고
효과적으로 인류를 말살시킬 방법을 연구하는
비극적인 운명을 짊어졌습니다.

따라서 잔혹한 목적을 위해서
그 무기가 사용되는 것을 온몸으로 저지하는 것은
우리의 절대적인 의무입니다.

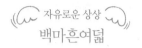
원자력 에너지가 보급되었기 때문에
새로운 문제가 발생한 것은 아닙니다.

원자력 에너지가 보급되었기 때문에
기존의 문제를 해결하는 일이
점점 더 시급한 과제가 된 것뿐입니다.

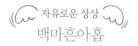
문화의 가치를 소중히 여기는 사람은
틀림없이 평화주의자입니다.

He who cherishes the values of
culture cannot fail to be a pacifist.

사람들의 양심과 양식이 꽃피어,

전쟁이 조상들의 과격한 이상 행동이라고 인식되는

새로운 시대가 찾아오기를 기원합니다.

전쟁과 평화, 정치

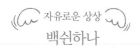

폭력에 의해 평화를 실현시킬 수는 없습니다.
평화는 상호이해에 의해서만 실현할 수 있습니다.

Peace cannot be kept by force.
It can only be achieved by understanding.

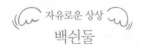

극소수만이 사회적 환경의 편견과 다른 의견을
냉정하게 표현할 수 있습니다.
대부분의 사람들은 그런 의견을 제기조차 못합니다.

Few people are capable of expressing with
equanimity opinions which differ from the
prejudices of their social environment.
Most people are even incapable of
forming such opinions.

누구나 여론 형성에 관련되어 있으므로

무엇이 필요한지 인식하고

그것을 발표할 용기를 가져야 합니다.

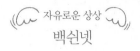

언론의 자유를 지키려면 법률만으론 부족합니다.
사람들이 처벌받지 않고 자신의 의견을 밝히려면
모두가 관용의 정신을 가져야 합니다.

Laws alone can not secure freedom of
expression; in order that every man present his
views without penalty there must be spirit of
tolerance in the entire population.

Justice

Justice the quality of
concept of moral right
according to the rules
the principle of fairne

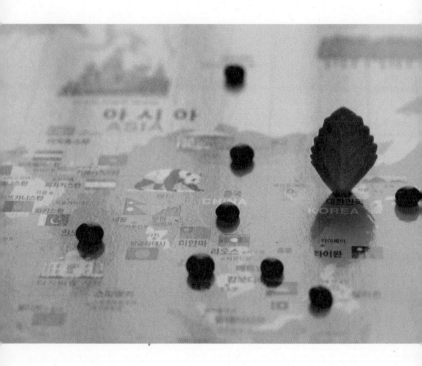

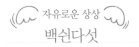
국제사회의 질서를 위협하는 최대 걸림돌은
지나치게 과장된 민족주의입니다.
이것은 일종의 소아병으로
인류가 앓는 홍역과 같은 것입니다.

그리고 그것은 애국심이라는 듣기 좋은 이름으로
불리고 있습니다.

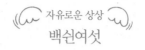
만일 내 상대성이론의 타당성이 입증된다면
독일은 나를 독일인이라고 주장할 것이고
프랑스는 나를 세계 시민이라고 선언할 것입니다.

In my theory of relativity is proven successful,
Germany will claim me as a German and
France will declare me as a citizen of the world.

전쟁과 평화, 정치

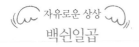

자유로운 상상
백쉰일곱

국가는 개인을 보호하고 창조성을 높일 기회를
부여할 의무가 있습니다.

●

가능하다면 나는 자유와 평등, 박애가 법으로써
확실히 보장되는 나라에서 살고 싶습니다.

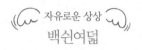
사회가 건전하게 기능하기 위해서는
그 구성원들의 일치단결뿐만이 아니라
한 사람 한 사람의 자립이 필요합니다.

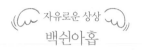
나에겐 정치보다는 방정식이 중요합니다.

정치는 거의 현재 상황에 한정되어 있지만

방정식은 영원하기 때문에.

To me our equations are far more important,

for politics are only a matter of present concern.

A mathematical equation stands forever.

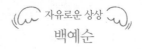

자유로운 상상
백예순

최근의 사회적 정치적 문제의 원인이
자본주의에 있다는 것은 잘못된 판단입니다.

자신의 국가에 자부심을 가지고
스스로를 존중할 수 있어야
타인의 존경도 받을 수 있습니다.

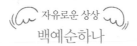

모든 사람은 인간으로서 존중을 받아야 하지만
특정한 사람을 우상화하면 안 됩니다.

Let every man be respected as an individual and
no man idolized.

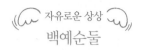
원시사회를 비교한 인류학 연구를 보면
인간의 사회적 행동은 문화와 조직에 의해
크게 달라진다는 것이 밝혀졌습니다.

이로써 인류가 생물학적 구조 때문에
잔학 행위로 서로를 전멸시킬 운명을
타고났다고는 할 수 없습니다.

인류의 운명을 개척하기 위해
노력하는 이들에게 이건 좋은 뉴스입니다.

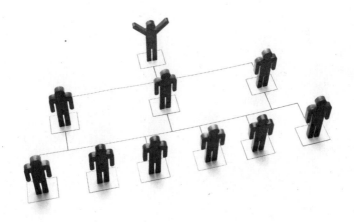

전쟁과 평화, 정치

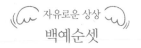
만일 내가 이스라엘 대통령이 된다면
국민들이 듣기 싫어하는 말도 하게 되는 거야.

이스라엘의 대통령 자리를 거절한 이유를
양녀인 마고트에게 설명한 편지 글

•

나는 내가 유대인이라는 사실에 행복을 느끼지만
유대인이 하느님의 선택을 받은 민족이라고는
생각하지 않습니다.

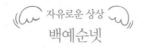
나는 국적에 얽매이지 않는 세계시민이라는
신념을 갖고 있지만 박해받고 억압받는
유대인 동포를 지원해야 한다는 의무는
늘 염두에 두고 있습니다.

·

결국 유대인이라는 것은
우선 성경에 적혀 있는 인간다운 기본 요소를
인식하고 실천하는 것을 의미합니다.

그 기본 요소는 건전하고 행복한 사회를 구축하기 위해
필수 불가결한 것입니다.

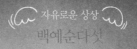

자유로운 상상
백예순다섯

관용은 타인의 행동이나 기분에
무관심한 것이 아닙니다.
이해와 공감이 없으면 안 됩니다.

가장 중요한 것은 개인에 대한
사회와 국가의 관용입니다.

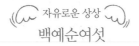
유대인은 민족적으로 미약할지 모르지만
한 명 한 명 유대인의 업적을 합쳐 보면
눈부신 것입니다.

더구나 그것은 박해와 장애를 겪으면서
이룩한 업적입니다.

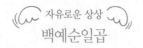

어떤 정치도 어느 정도는
사악함을 포함하고 있습니다.

•

정치 지도자나 정부는
그 지위를 무력과 선거에 의해 유지합니다.
모든 국가가 도덕적으로나 지적으로
가장 뛰어난 사람들로 이루어진 대표라고
인정할 수는 없습니다.

253
전쟁과 평화, 정치

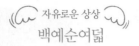
'능력과 의지를 갖춘 사람에게
어떤 식으로 권력을 부여할 것인가'라는
오래된 문제는 어떤 노력으로도
해결되지 못하고 있습니다.

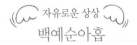
나의 정치적 신념 하나를 처음으로 고백하겠습니다.

국가는 사람을 위해 존재하는 것이며,

국가를 위해 사람이 존재하는 것은 아니라는 것입니다.

For the first time

I confess my political conviction.

The state exists for man,

not man for the state.

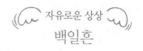

국가는 현대에 이르러 우상이 되어버렸습니다.
그 최면술을 피할 수 있는 사람은
거의 없습니다.

●

관료 정치는 온갖 업적을
말살해 버립니다.

전쟁과 평화, 정치

인간의 사악한 마음을 바꾸기보다는
플루토늄의 성질을 바꾸는 게 쉽습니다.

It is easier to denature plutonium than
to denature the evil spirit of man.

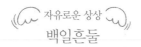
양떼 속의 완전한 일원이 되려면
우선 자신이 양이 되어야 합니다.

In order to form an immaculate member of
a flock of sheep one must,
above all, be a sheep.

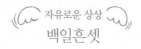
찬사를 받고 있는 기술적인 진보는
마치 병적인 범죄자의 손에 들린
도끼와 같은 것입니다.

Technological progress is
like an axe in the hands of
a pathological criminal.

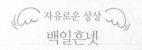

핵 연쇄반응의 발견이
인류의 멸망으로 연결되지는 않을 것입니다.
그것은 성냥의 발명이 인류의 멸망으로
이어지지 않은 것과 마찬가지입니다.

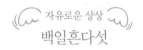
제3차 세계대전은
어떤 무기로 싸울지 나는 잘 모릅니다.
하지만 제4차 세계대전은
돌과 몽둥이로 싸우리라는 것을 알고 있습니다.

I know not with what weapons
World War III will be fought,
but World War IV will be fought
with sticks and stones.

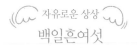

소수파가 가진 유일한 방어 수단은
소극적 저항입니다.

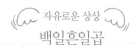
폭력으로 장애물을 제거할 수는 있습니다.

하지만 폭력 자체가 창조적이라고

증명된 적은 한 번도 없습니다.

루스벨트 대통령

독일에서 히틀러가 권력을 잡게 되자 1933년 독일을 떠나 미국
으로 건너간 아인슈타인은 프린스턴 고등연구소에서 생을 마
칠 때까지 22년간 연구 활동을 계속한다.

아인슈타인은 1939년 루스벨트 대통령(Franklin Roosevelt,
1882~1945) 앞으로 보내는 원자폭탄 개발 서한에 서명을 하
여 원자폭탄을 만드는 계획, 즉 〈맨해튼 프로젝트(Manhattan
Project)〉 수립에 영향을 미친다.

THE WHITE HOUSE
WASHINGTON

October 19, 1939

My dear Professor:

I want to thank you for your recent letter and the most interesting and important enclosure.

I found this data of such import that I have convened a Board consisting of the head of the Bureau of Standards and a chosen representative of the Army and Navy to thoroughly investigate the possibilities of your suggestion regarding the element of uranium.

I am glad to say that Dr. Sachs will cooperate and work with this Committee and I feel this is the most practical and effective method of dealing with the subject.

Please accept my sincere thanks.

Very sincerely yours,

Franklin D. Roosevelt

Dr. Albert Einstein,
Old Grove Road,
Nassau Point,
Peconic, Long Island,
New York.

루스벨트 대통령이 아인슈타인에게 보낸 편지

1945년 5월 8일 독일의 패배로 유럽에서의 전쟁은 끝이 난 반면, 1945년 8월 6일 리틀 보이가 일본의 히로시마에 투하되었고, 8월 9일에는 팻맨이 나가사키에 투하되었다.

원자폭탄으로 인한 참혹한 광경을 마주한 아인슈타인은, 루스벨트에게 보낸 편지가 이런 결과를 가져올지 알았더라면 그 편지에 서명하지 않았을 것이라고 후회했다.

A genius scientist's liberal
imagination on society
and universe

천재 과학자의 **사회와 우주**에 대한

자유로운 상상

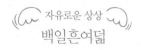
객관적으로 판단하면, 열정적인 노력에 의해
사람이 진실에서 얻어낼 수 있는 것은
완전히 무한소(無限小)입니다.

하지만 이런 노력은 자기라는 속박에서
우리를 해방시키고 우리를 가장 위대한
사람들의 반열에 들게 합니다.

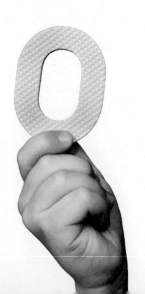

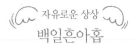
이 세계의 운명은
이 세계에 합당한 것으로 된다.

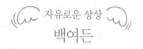
어떠한 문제도 그것을 만들어낸,
같은 사고방식으로는 해결할 수 없습니다.

We can't solve problems by using
the same kind of thinking
we used when we created them.

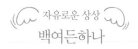
독일 속담을 떠올려 봅니다.
'사람들은 모두 자신의 구두 크기로 사물을 잰다.'

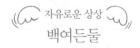

위대한 사람들은 항상 평범한 사람들로부터
극심한 저항을 받아왔습니다.

Great spirits have always found violent
opposition from mediocrities.

．

인간은 모두 스스로의 우주론을 갖고 있습니다.
그리고 누구나 자기 논리는 옳다고 말할 수가 있습니다.

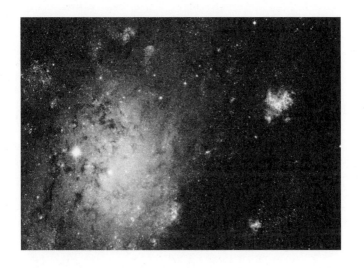

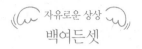

마음이란 것은 때로 지식을 뛰어넘은
높은 곳에 도달할 수가 있지만,
어떻게 거기까지 도달했는지 증명할 수는 없습니다.
모든 위대한 발견은 그런 비약을 거친 것입니다.

쓰라린 체험을 통해 우리는 배웠습니다.
합리적으로 사고했다고 해서 사회생활에서 발생하는
문제가 전부 해결되는 것은 아니라는 것을.

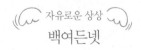

진리와 지식의 영역에 있어서
재판관이 되려는 자는 모두 신들의 비웃음을 받고
난파되고 말 겁니다.

Whoever undertakes to set himself up as
a judge of Truth and Knowledge is
shipwrecked by the laughter of gods.

우리가 체험할 수 있는
가장 아름다운 감정은 신비입니다.
이것이 진정한 예술과 과학의 원천이 됩니다.
이런 감정을 모르는 사람,
즉 경이로움을 느끼지 못하거나
경외심에 빠지지 못하는 사람은
죽은 것이나 마찬가지이고 그의 눈은 닫혀 있습니다.

The most beautiful thing we can experience is
the mysterious. It is the source of
all true art and all science.
He to whom this emotion is a stranger,
who can no longer pause to wonder and
stand rapt in awe, is as good as dead:
his eyes are closed.

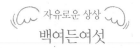
이 위대한 신비,

우리가 태어난 이 세계 앞에서

우리는 호기심이 가득한 어린아이가 됩니다.

경이(驚異)로운 것은

이 지구상에서 우리가 사는 환경입니다.

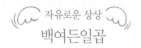
세상에서 가장 이해하기 어려운 일은,
세상을 이해할 수 있다고 생각하는 것입니다.

The most incomprehensible thing
about the world is that it is comprehensible.

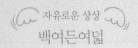
우리는 아무것도 모릅니다.

우리의 모든 지식은 초등학생과 다르지 않습니다.

깊이 탐구하면 할수록
새로 알아야 할 것이 발견됩니다.

목숨이 계속되는 한
늘 그럴 것이라고 생각합니다.

•

중요한 것은
지속적으로 의문을 품는 일입니다.

The important thing is
not to stop questioning.

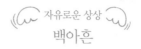

자유로운 상상

백아흔

신성한 호기심을 잃어버리면 안 됩니다.

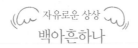

영원·인생·실재하는 불가사의한 구조라는
신비에 대하여 깊이 생각해 보면
호기심은 그 자체로써 존재 이유가 있습니다.

경외심을 품지 않을 수가 없습니다.
매일 이 신비를 조금씩 이해하려고 하는
정도로 충분합니다.

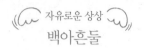
만일 이 우주에서 모든 물질이 소멸한다면
시간과 공간만이 남게 된다는 것이
예전의 통념이었습니다.

하지만 상대성 이론에 의하면
시간과 공간도 물질과 함께 사라져 버립니다.

아인슈타인과 오펜하이머

오펜하이머(John Robert Oppenheimer, 1904~1967)는 미국의 이론 물리학자로 맨해튼 프로젝트의 연구 책임자였다. 원자폭탄 개발을 성공리에 마친 그는 전쟁이 끝난 후에는 수소 폭탄 개발에 적극 반대하여 매카시 선풍에서 오히려 궁지에 몰렸다. 좌파적 성향으로 인해 청문회에 소환되었음은 물론 모든 공직에서 추방당했다.

필립 포먼 판사로부터 미국 시민권을 받는 아인슈타인

아인슈타인은 1940년에 미국 시민권을 취득했다.

*A genius scientist's liberal
imagination on marriage
and family*

천재 과학자의 **결혼과 가족**에 대한

자유로운 상상

사랑에 빠지는 것은

인간의 가장 어리석은 행위라고 할 수는 없지만,

중력에 책임을 물을 수도 없는 일입니다.

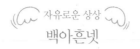

자유로운 상상
백아흔넷

어떤 우연한 사건을 유지하려는
불행한 노력을 결혼이라고 합니다.

이성에게 마음을 빼앗기는 것은
큰 기쁨이고 필수 불가결한 일입니다.
하지만 그것이 인생의 중심이 되어서는 안 됩니다.
만일 그렇게 되면 길을 잃고 말 것입니다.

●

결혼을 앞두고 여자는 남자가 변할 것을 기대하지만,
남자는 여자가 변치 않을 것을 기대합니다.
양쪽 모두 실망하는 것은 당연한 일입니다.

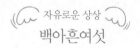

이교도끼리의 결혼은 위험합니다.
아니, 잘 생각해 보면 어떤 결혼이든 위험합니다.

•

결혼을 하면 상대방을 자유로운 인간이 아니라
일종의 소유물로 여기기 쉽습니다.

결혼과 가족

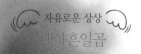

결혼이란 문명적으로 보일지 모르지만

위장된 노예 계약에 불과합니다.

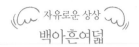
첫사랑과 같은 중대한 생물학적 현상을
화학이나 물리학으로 설명할 수 있을 리가 없습니다.

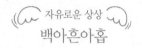

자유로운 상상
백아흔아홉

여성은 집안에 있으면 언제나 가구에 신경을 씁니다.
함께 여행을 떠나면 그녀는 나를 가구로 착각하여
기를 쓰고 나를 수리하려 합니다.

만일 내가 옷차림에 신경을 쓰게 되면
그것은 진정한 내가 아닙니다.
옷차림 따위 내게는 중요하지 않습니다.
이런 남자가 싫다면 여성의 눈에
좀 더 매력적인 남성을 찾으세요.

엘자에게 보낸 편지

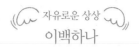
나는 네 편지를 읽고 내 젊은 시절을 떠올렸다.
젊은이는 세상을 적대시하는 경향이 있는데,
자기 자신을 여러 가지와 비교하여
우울해하거나 자신감을 갖기도 한다.
젊은 시절은 인생이 영원하고 자신의 행동이나 사고가
대단히 중요하다고 생각하는 법이다.

밀레바 마리치와 별거 후 떨어져 살게 된 장남 한스에게 보낸 편지

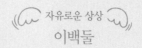
시험 점수는 크게 신경 쓰지 말고
성실히 공부해라.
낙제하지 않을 정도라면
전 과목에서 고득점을 얻을 필요는 없다.

아들 한스에게

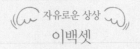
지금 세 통째 편지를 쓰고 있다.

지금까지 두 번의 편지를 보냈는데 답장을 주지 않는구나.

너는 이 아비를 잊어버렸느냐?

이제 만나지도 않을 셈이냐?

아들 한스에게

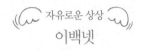
2주 전 내 어머니는 몹시 괴로워하며 돌아가셨습니다.

우리는 완전히 지쳐버렸습니다.

혈육의 의미를 절실히 느낍니다.

자신의 어머니가 죽어가는 것을

아무것도 못하고

그저 지켜보는 일이 어떤 것인지 나는 압니다.

어떤 위로의 말도 찾을 수 없습니다.

인생에는 항상 무거운 짐이 따라다니고

누구나 그 짐을 짊어지고 살아가야만 합니다.

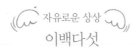
몇 년 전에 찍은 부모님의 사진을 보는 것은
얼마나 즐거운 일입니까.
사진 속의 부모님은
당시의 모습을 그대로 간직하고 있습니다.
하지만 인간의 신체는 살아가면서 완전히 변해버립니다.
내가 '사진은 참 좋다'고 생각하는 것은
당시의 모습을 그대로 간직하고 있기 때문입니다.

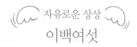
내 어머니는 대체로 좋은 성격이었지만
시어머니로서는 완전히 악마입니다.
어머니가 우리 부부와 함께 있을 때는
주변에 다이너마이트가 가득한 느낌입니다.

●

가장 친밀한 가족의 유대관계마저도
습관적인 우호관계로 퇴보해 버리는 것은
흥미로운 일입니다.
서로를 이해할 수 없게 되거나 공감하지도 못하고,
서로의 감정을 이해하지 못하게 되어 버립니다.

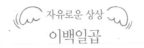
나는 어떤 나라나 친구들,
가족에게조차도 마음 속 깊이
소속감을 느낀 적이 없습니다.
관계를 맺는 일에 항상 막연한 거부감을 느끼고
자기 속으로 틀어박히고 싶은 생각이
나이를 먹으면서 더욱 강해졌습니다.

●

나는 인간관계가 변질되기 쉽다는 것을
알게 되었습니다.
그리고 냉정함이나 뜨거움으로부터
몸을 멀리 피하는 법도 알게 되었습니다.
그렇게 하면 온도의 균형이 잘 유지됩니다.

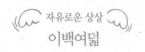
나는 당신이 여자라는 것에 신경 쓰지 않습니다.

하지만 중요한 것은

당신 자신이 신경 쓰지 않는 것입니다.

거기엔 이유 따위는 없습니다.

결혼과 가족

아인슈타인에게
인생을 묻다

미국 NBC 방송에 출연하여 수소 폭탄 사용을 반대하는 모습

아인슈타인은 1950년에 TV에 출연해 수소폭탄 개발계획 등 미
국의 핵무기 확산을 강하게 성토했다. 1954년에 미국이 남태평양
의 비키니 군도에서 수소폭탄 실험을 실시하자 핵무기 폐기를 호
소하는 러셀-아인슈타인 선언(Russell – Einstein Manifesto, 핵무기
없는 세계와 분쟁의 평화적 해결을 호소하는 선언)에 서명했다.

러셀(Bertrand Russell, 1872~1970)은 영국의 철학자, 사회평론가로
인간에게는 공격적 행동을 취하려는 본능적인 경향이 있으며, 그
때문에 그러한 특성을 이해하고 컨트롤할 필요가 있다고 주장했다.

다비드 벤구리온과 함께

1951년 이스라엘 초대 총리 다비드 벤구리온(David Ben-Gurion, 1886~1973)이 시오니즘 운동(Zionism, 팔레스타인에 유대민족 국가 건설을 목표로 한 운동)의 지지자인 아인슈타인을 방문한다. 그리고 1952년 초대 대통령인 카임 바이츠만(Chaim Azriel Weizmann, 1874~1952)이 타계하자 제2대 대통령으로 취임해 달라는 이스라엘 정부의 요청이 있었지만 아인슈타인은 이를 거부했다.

*A genius scientist's liberal
imagination on myself
and life*

천재 과학자의 **자신과 삶**에 대한

자유로운 상상

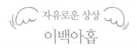
내가 왜 상대성이론을 정립한 인물이 되었을까,
라고 자문해 볼 때가 있습니다.

내 대답은 이렇습니다.
일반적인 성인들은 시간과 공간의 문제에 관하여
생각하는 것을 그만두지만
나는 지성의 발달이 더뎠기 때문에
어른이 되고 나서야 겨우
그러한 의문을 갖게 된 것입니다.

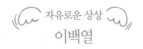
자유로운 상상
이백열

내 인생은 너무나 단순하여
누군가의 흥미를 끌만한 것이 못 됩니다.

•

젊은 시절의 나는 사람들의 주목을 받지 않고
연구실 한구석에서 조용히 연구에 전념하기를 원했습니다.
그런데 어찌된 일일까요?

현재의 내 상황을 보세요.
인기도 없는 책만 써온 내가 이렇게 인기를 얻게 되다니
뭔가 이상하다고 생각하지 않으십니까?

자신과 삶

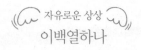

자유로운 상상
이백열하나

운명은 권위를 멸시하는 나를 벌하기 위해
내게 권위를 부여해 주었습니다.

To punish me for my contempt for authority,
fate made me an authority myself.

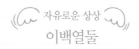

자유로운 상상
이백열둘

사람들은 내가 도움이 된다고 생각할 때는
칭찬의 말을 해주지만, 의견이 일치하지 않으면
갑자기 태도를 바꿔 자신들의 이익을 지키기 위해
나를 신랄하게 비판합니다.

내가 어렸을 때

아버지는 작은 나침반을 보여주셨습니다.

나는 무척이나 감동하였고,

그것은 내 인생에 큰 영향을 미치게 되었습니다.

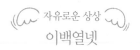
다시 태어난다면

나는 배관공이 되고 싶습니다.

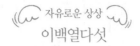

우리 두 사람의 장래를 다음과 같이 결정했습니다.

나는 곧 직장을 찾으려고 합니다.

과학자로서의 목표와 개인적인 허영심은 있지만

어떤 소박한 직업이라도 괜찮습니다.

밀레바 마리치와 결혼하기 2년 전에 보낸 편지

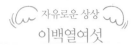

자유로운 상상
이백열여섯

행복한 사람은 현재의 생활에 만족하므로

미래에 대해 그다지 생각하지 않습니다.

17세 때의 작문

나는 영어를 잘 구사하지 못합니다.

철자가 너무나 불규칙적이기 때문입니다.

물론 읽는 정도는 가능합니다.

하지만 머릿속에서 발음하면서 읽는 정도이지

단어의 철자를 외우고 있는 것은 아닙니다.

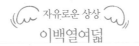

어릴 때 좀처럼 말을 하지 못해서
부모님이 무척 걱정되어
의사에게 상담을 받은 것은 사실입니다.
사실 내 나이를 말할 수 있게 된 것은
세 살 때입니다.

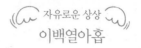
당신이 수학에 대해 고민하는 것은
그다지 심각하지 않습니다.
오히려 나는 수학에 관하여
더욱 심각한 고민을 하고 있으니까요.

Do not worry about
your difficulties in Mathematics.
I can assure you mine are still greater.

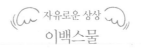
내가 가진 특수한 능력은,

타인이 뭔가를 발견했을 때 그것이 어떤 결과를

초래하는지 상상할 수 있는 것입니다.

나는 사물을 폭넓게 파악하는 일은 쉽게 할 수 있지만,

수학적 계산은 잘하지 못합니다.

그런 세세한 일은 다른 사람들이 잘 해냅니다.

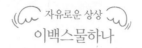
자유로운 상상
이백스물하나

나는 지금 도스토예프스키의
《카라마조프의 형제》를 읽고 있습니다.
지금껏 이렇게 멋진 책을 읽어 본 적이 없습니다.

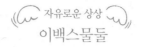
모차르트의 음악은 너무나 순수하고 아름다워서
마치 우주 내면의 아름다움을
반영한 것 같습니다.

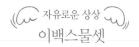

자유로운 상상
이백스물셋

나는 상상력을 자유롭게 이용하는 데
부족함이 없는 예술가입니다.

I am enough of an artist to draw freely
upon my imagination.

즉흥적인 연주에는
바이올린보다 피아노가 훨씬 잘 어울립니다.
그래서 나는 피아노를 매일 연주합니다.

나이 많은 나에게 바이올린 연주는
체력적으로 상당히 힘겨워서 그런 것도 있습니다.

•

나는 바이올린 연주를 그만뒀습니다.
나이가 많아지면서 스스로의 연주 소리를
참아내기가 어려워졌습니다.

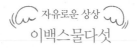

진리 탐구는 그것이 아무리 사소한 것이라 해도
확고한 첫걸음을 내딛는 것이
얼마나 힘겨운지 뼈저리게 알고 있습니다.

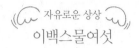
나는 일상생활에서는 외톨이지만
진·선·미를 위해 노력하는 사람 중 한 명이라는
의식 덕분에 고립감을 느끼지 않고 지냅니다.

●

나는 이제 더 이상
두뇌 집단의 경쟁에 참여하고 싶지 않습니다.
나에게 그런 경쟁은 노예와 같은 상태이며,
돈과 권력을 둘러싼 사악한 다툼일 뿐입니다.

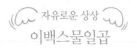
나는 직감과 천재성을 믿습니다.
때로는 내가 옳다고 느끼지만
정말로 그런지는 모르겠습니다.

나는 그다지 사람들과 교제를 하지 않고
가정적이지도 않습니다.
나는 그저 평온하게 살고 싶을 뿐입니다.

내가 알고 싶은 것은
'신이 어떤 식으로 이 세상을 창조했는가'입니다.
나는 이런저런 현상이나 원소의 스펙트럼 따위에는
관심이 없습니다.

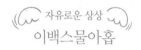

나는 내 사진을 아주 싫어합니다.

내 얼굴을 잘 보십시오.

수염이 없으면 마치 여자처럼 보이지 않을까요?

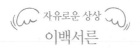
내 정신을 분석해 달라고 요청할 생각은 없습니다.

그건 영원한 수수께끼로

남겨두는 것이 바람직합니다.

나는 언제나 고독을 사랑합니다.
그리고 그런 경향은 나이와 함께 점점 더 강해집니다.

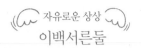
자유로운 상상
이백서른둘

나는 의사의 도움 없이도 죽을 수 있습니다.

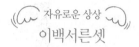
나는 천재가 아닙니다.
다만 남들보다 더 오래 한 가지 문제와 씨름할 뿐입니다.

I'm not a genius,
but I stay with problems longer.

•

나에게는 특별한 재능이 없습니다.
다만 열정적인 호기심이 있을 뿐입니다.

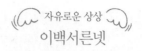

자유로운 상상
이백서른넷

나는 자연에 관해서는 좀 이해하고 있지만
사람에 관해서는 전혀 이해를 못하고 있습니다.

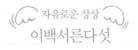

좋은 아이디어가 떠오르는 것은
나나 다른 사람 모두 마찬가지입니다.
단지 내가 운이 좋았던 것은
그 아이디어가 받아들여졌다는 점입니다.

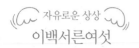
상대성이론은 여러 가지 점에서

시계가 있다고 가정하는데,

현실에서는 내 방에

시계 하나 설치하는 것도 힘겹습니다.

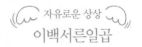
자유로운 상상
이백서른일곱

나는 하루에 100번쯤 스스로에게 말을 합니다.

내 정신적, 물질적 생활은

타인의 노동 위에 이루어졌다는 것을.

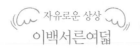

지금의 아내가 과학을

이해하지 못하는 것은 기쁜 일입니다.

첫 아내는 과학을 이해하는 여자였습니다.

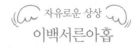
지구는 수십억 년 동안 존재해 왔습니다.
그 종말에 관해서는 이렇게 말하겠습니다.
"뭐, 천천히 기다려 봅시다."

·

긴 인생을 살아오면서 나는 사람들로부터
분에 넘치는 찬사를 받아왔습니다.
솔직한 심정을 말씀드리면 기쁘다기보다는
부끄럽다는 마음이 훨씬 컸습니다.

자신과 삶

나에 대하여 여러 가지를 말씀해 주셔서 감사합니다.
만일 제가 그게 사실이라고 생각한다면
제정신이 아닐 겁니다.
하지만 저는 스스로 제정신이라고 판단하기 때문에
그것을 사실이라고 생각하지 않습니다.

만찬석상에서

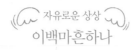

어떤 일이든, 인간에 대한 숭배와 관련된 것은
내게는 항상 고통이었습니다.
명성을 얻게 되면서부터 나는 어리석어졌습니다.
물론 이것은 흔히 볼 수 있는 현상입니다.

그 사람 자체의 모습과 타인이 그를 어떻게 평가하는가,
또는 적어도 어떻게 평가한다고 말하는가 사이에는
너무나 큰 차이가 있습니다.
하지만 그 모든 것을 기분 좋게 받아들여야 합니다.

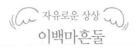

자유로운 상상
이백마흔둘

사람들이 얻으려는 진부한 것들 ―
소유, 물질적 성공, 사치―을
나는 항상 경멸해야 할 것이라고 생각했습니다.

The trite subjects of human efforts, possessions,
outward success, luxury have always
seemed to me contemptible.

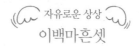

자유로운 상상
이백마흔셋

찬사를 받음으로써 타락하는 것을 피하는 방법은
오직 한 가지, 일에 전념하는 것입니다.

일을 멈추고 찬사에 귀를 기울이기 쉽지만,
진정으로 해야 할 유일한 선택은
찬사로부터 주의를 돌려 일에 전념하는 것,
그 외에 다른 방법은 없습니다.

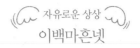
나는 어느 누구에게도 아무것도 바라지
않으므로 행복하게 있을 수 있습니다.

돈도 전혀 신경 쓰지 않습니다.
훈장이나 직함, 명예도 내겐 의미가 없습니다.
찬사도 달갑지 않습니다.

내게 기쁨을 주는 유일한 것은
일, 바이올린, 요트를 빼면 함께 일한
사람들에 대한 감사뿐입니다.

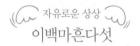

자유로운 상상
이백마흔다섯

만일 물리학자가 되지 않았다면
나는 아마 음악가가 되었을 것입니다.
나는 모든 것을 음악처럼 생각하고 음악처럼 꿈을 꾸며
음악 용어로 인생을 이해합니다.
나는 음악에서 인생 대부분의 기쁨을 얻습니다.

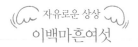

내 옆엔 답장을 하지 않은 편지가 가득 쌓여 있습니다.

그 때문에 사람들은 내게 불만을 가지지만

어떤 일에 몰두하는 사람은 그렇게 될 수밖에 없습니다.

청년 시절에 나는 틀어박혀 끝없이 사고하고 계산하고

오묘한 신비를 규명하려고 노력했습니다.

위대한 세계라고 불리는 이 소란스러운 세상엔

차츰 흥미를 잃고 세상을 등진 사람처럼 되었습니다.

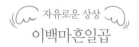

나는 진정 '고독한 나그네'입니다.

•

나는 지금 고독 속에서 살아가고 있습니다.
젊은이에겐 고통이겠지만 성숙한 인간에게는
감미로운 고독 속에서….
베를린에서도 전혀 다르지 않았습니다.
그 전 스위스에서도 마찬가지였지요.
사람은 태어날 때부터 고독한 존재입니다.

자신과 삶

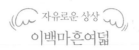
아무렇지도 않게 내뱉었던 한 마디 한 마디가
이토록 빨리 기록될 줄은 미처 몰랐습니다.
만일 알고 있었다면
나는 나만의 세계로 깊숙이 도피해 버렸을 겁니다.

•

일반인에게 내 업적이 과장된 듯해도
내 탓은 아닙니다.
그것은 통속적인 과학 서적의 필자나
온갖 사건을 가능한 한 센세이셔널하게 다루는
신문기자들 때문입니다.

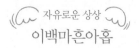
내가 가진 것은 용암처럼 단단한 고집뿐입니다.

아니 그것뿐만은 아닙니다.

후각도 있습니다.

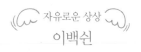

자유로운 상상
이백쉰

어제는 우상화되고,

오늘은 증오의 대상이 되어 사람들이 침을 뱉고,

내일은 잊혀지고, 모레는 성인의 반열에 오릅니다.

유일한 구원은 유머감각뿐입니다.

이것은 호흡을 지속하는 한 잃지 않도록 할 것입니다.

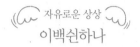
조크에 대하여 말할 수 있는 것은
미술이나 음악에 대해서도 말할 수 있습니다.

논리적인 의도가 아닌 보는 사람의 위치에 따라
여러 가지 색상으로 빛을 발하는,
인생의 아름다운 조각을 느낄 수 있어야 합니다.

만일 그러한 모호함을 탈피하고 싶으면
수학을 시작해 보십시오.

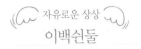

좋은 조크는 여러 번 말하지 않는 게 좋습니다.

아인슈타인은 1955년 4월 18일 76세의 나이로 프린스턴 자택 근처의 병원에서 세상을 떠났다. 사망 원인은 대동맥류 파열이었다.

아인슈타인이 사망한 1955년 4월 18일 그의 사무실 모습

연 보

1879년 독일 울름에서 출생

1880년 뮌헨으로 이주

1889년 뮌헨의 루이트폴트 학교 입학

1894년 뮌헨의 김나지움에 입학했지만 곧 자퇴. 이듬해 스위스 아라우의
주립 고등학교에 입학

1895년 취리히 연방공대 입학시험에 실패

1896년 스위스 취리히 연방공대 입학, 마르셀 그로스만(1878~1936), 루이 콜로스
(1878년생), 야코프 에라트(1876년생)와 만남

1900년 연방공대 졸업, 연방공대에서 조교(助敎)직을 얻으려 했지만 실패

1902년 스위스 베른의 연방특허국 3등 심사관으로 임용. 모리스 솔로빈·콘라트
하비흐트와 올림피아 아카데미 결성

1903년 취리히 연방공대 동기생인 밀레바 마리치와 결혼

1904년 첫아들 한스(1937년부터 미국 버클리대학 교수로 재직) 탄생

1905년 기적의 해. 〈광양자설〉, 〈브라운 운동〉, 〈특수 상대성 이론〉에 관한 논문 발표

1909년 베른 대학교에서 교수 자격 논문 통과. 1908~1909년 겨울 학기 첫 강의.

1909년	제네바 대학에서 명예박사 학위, 취리히 대학교에서 취임 강의
1910년	둘째아들 에두아르트 출생
1911년	프라하 대학 정교수
1912년	취리히 연방공대 초빙, 이론 물리학 분야 정교수 취임
1916년	〈일반 상대성 이론〉 완성
1919년	사촌 엘자와 재혼
1921년	노벨물리학상 수상
1933년	나치를 피해 미국으로 이주. 프린스턴고등연구소 교수로 취임
1939년	루스벨트 대통령에게 원자폭탄 제조에 대해 편지를 보냄
1941년	미국 시민권 획득
1945년	일본 히로시마, 나가사키에 원자폭탄 투하
1952년	이스라엘 대통령직 거절
1955년	4월 18일 프린스턴에서 사망, 시신은 화장되고 뇌는 프린스턴대학에 보관

아인슈타인의 자유로운 상상

초판 1쇄 인쇄 | 2013년 7월 20일
초판 1쇄 발행 | 2013년 7월 30일

엮 은 이 | 이형석
편   집 | 이말숙
디 자 인 | 문팀장
제   작 | 선경프린테크
펴 낸 곳 | Vitamin Book
펴 낸 이 | 남승천, 박영진

등   록 | 제318-2004-00072호
주   소 | 150-036 서울특별시 영등포구 영신로 40길 18 윤성빌딩 405호
전   화 | 02) 2677-1064
팩   스 | 02) 2677-1026
이 메 일 | vitaminbooks@naver.com

ISBN 978-89-92683-55-5 (03800)

이 도서의 국립중앙도서관 출판시도서목록(CIP)은 서지정보유통지원시스템
홈페이지(http://seoji.nl.go.kr)와 국가자료공동목록시스템(http://www.nl.go.kr/kolisnet)에서
이용하실 수 있습니다.(CIP제어번호 : CIP2013010121)

사진 제공 Ivary 104, 131, 162, 163(下), 381
　　　　　〈DPA/연합뉴스〉 318, 〈카메라프레스/연합뉴스〉 319
　　　　　wikipedia 42, 43, 72, 73, 130, 163(上), 204, 205, 266, 267, 292, 293, 380

잘못 만들어진 책은 바꿔드립니다.